Rotkäppchen

und der Wolf

Eine Geschichte für im Herzen niemals erwachsen gewordene Kinder
von Birgit Obrowsky

Impressum:
Bibliografische Information der Deutschen Nationalbibliothek. Die
Deutsche Nationalbibliothek verzeichnet diese Publikation in der
Deutschen Nationalbibliografie; detaillierte bibliografische Daten
sind im Internet über http://dnb.d-nb.de abrufbar.
Veröffentlicht bei Infinity Gaze Studios AB
1. Auflage
Februar 2024
Alle Rechte vorbehalten
Copyright © 2024 Infinity Gaze Studios
Texte: © Copyright by Birgit Obrowsky
Lektorat: Arnold Kretschmer & Elisabeth Demeter
Cover & Buchsatz: Valmontbooks
Das Werk ist urheberrechtlich geschützt. Jede Verwertung
außerhalb des Urheberrechtsgesetzes ist ohne Zustimmung von
Infinity Gaze Studios AB unzulässig und wird strafrechtlich verfolgt.
Infinity Gaze Studios AB
Södra Vägen 37
829 60 Gnarp
Schweden
www.infinitygaze.com

ALL JENEN
GEWIDMET,
DIE INNEREN
FRIEDEN
IN SICH FINDEN
MÖCHTEN.

DIE GESCHICHTE DES ROTKÄPPCHENS

Irgendwo in einem fernen Land wurde in einer sternenklaren Nacht ein kleines Mädchen geboren. Ihr Name war Rotkäppchen. Rotkäppchen hatte pechschwarze Haare braune Kulleraugen und das liebevollste Lächeln, das im Gesicht eines kleinen, frisch geborenen Wesens jemals zu sehen war.

Die Mutter von Rotkäppchen war schon bei der Geburt sehr schwach, so dass sie kurz nachdem das kleine Wesen seinen ersten Schrei zum Himmel gestoßen hatte, friedlich zum letzten Mal Ihre Augen schloss.

Rotkäppchens Vater war ein Zauberer, der sein ganzes Leben lang durch die Welt reiste und Menschen mit seinen Künsten erfreute. Er lebte so sehr in seiner eigenen Welt, dass er vollkommen die Zeit vergaß und damit auch seine kleine Familie. Die erste Wärme, die Rotkäppchen als Baby verspürte, war die ihres eigenen Herzens.

Während andere Kinder lautstarke Schreie von sich gaben, strahlte dieses kleine Mädchen übers ganze Gesicht. Für die Hebammen war es eine

pure Freude in dessen Nähe zu sein, denn die
Liebe, die von diesem Kind ausging, war unendlich. Still und friedlich schlief es, denn es wusste
im tiefsten Inneren, dass etwas Höheres dafür
sorgte, dass es zu jeder Zeit bekam, was es an
Nahrung brauchte, um gesund und munter heranwachsen zu können. Was man ausstrahlt, zieht
man an.

Mit diesem Urvertrauen sind wir im Grunde
alle von klein an ausgestattet. Und doch wird es
uns menschlichen Wesen nicht immer so einfach
gemacht. Im Mutterbauch ist es wohlig warm.
Wir fühlen uns sicher. Aber wir werden nach
neun Monaten von dort aus in die Welt gestoßen,
durch den Geburtskanal gepresst und erfahren
unseren ersten Schmerz.

WIE KANN ES ALSO SEIN, DASS
ROTKÄPPCHEN SO ANDERS WAR ALS ALLE
ANDEREN KINDER?

Lasst uns eine kleine Zeitreise machen, zurück zu dem Zeitpunkt, als die Mutter erfahren hatte, dass sie ein Kind bekommen wird. Sie war vollkommen auf sich gestellt. Ihr Ehemann war ein Reisender, der meist der Zeit voraus oder doch ihr hinterher, niemals aber im gegenwärtigen Moment lebte.

Doch sie liebte ihn genauso wie er war. Sie stellte niemals eine Bedingung, denn auch sie verspürte, sie hatte all die Liebe in sich, die sie brauchte. Die Liebe war und ist vollkommen, niemals im Mangel.

Und so beschenkte sie dieser Mann reich - mit einem in ihrem Leib heranwachsenden Kind. All den Menschen die Rotkäppchens Mutter während der Schwangerschaft begegneten und ihr zu dem wunderschönen Bauch beglückwünschten, sagte sie stets: „Vielen Dank aber ich trage nicht MEIN Kind in meinem Leib. Ich stelle diesem Kind lediglich einen Raum voller Wärme und Liebe zur Verfügung, indem es eigenständig in seinem Tempo und seinem Wachstum heranwachsen darf. Dieses Kind darf frei sein, frei sich zu spüren und zu erfahren in seiner ganz eigenen Individualität."

Wenn sie abends Ihren Bauch streichelte, dann sagte sie liebevoll: „Kleiner Stern, der mir vom Himmel aus geschenkt wurde, ich danke dir für dein Leuchten, für all deine Kraft, für deine jetzt schon in mir spürbare Liebe. So frei wie du in mich gekommen bist, so frei sollst du immer sein. Deine höchste Intuition wird dich weise durch dein Leben leiten.

Diese Stimme ist viel wichtiger als die Stimme, die du über deine Ohren von außen wahrnehmen wirst. Wenn du Menschen durch deine Augen betrachtest, dann lass dein Herz sie wahrhaftig erkennen - noch bevor eine andere Stimme in dir den Ton angeben kann. Höre nicht auf die lauten Worte, die andere Menschen zu dir sprechen werden, sondern die leisen Töne dahinter.

Spüre in jedem Moment, egal wo und mit wem du sein wirst, dass in dir immerwährende Fülle ist. Fülle, aus der du zu jederzeit Kraft schöpfen kannst, auch wenn du dich allein fühlst und niemand bei dir ist.

Es gibt etwas, das über uns allen wacht und mit dem du verbunden bist, mein lieber Stern. Es ist die Essenz, die göttliche Einheit, die dich zu mir geschickt hat, damit du wundervolle kleine Energie in einem menschlichen Körper deine Erfahrungen machen kannst.

Der höchste Auftrag in deinem Leben wird folgender sein: Erinnere dich in jedem Augenblick an die unendliche Liebe in deinem Herzen.

Sie wird dich von jeglichem Kummer, von jeglicher Angst, von jeglicher Enttäuschung und Erwartung befreien, so dass du erkennen kannst, dass du immer alles hast, was du gerade brauchst, um zu strahlen. Von innen nach außen.

Dir werden im Laufe deines Lebens Menschen begegnen, die nicht immer friedvoll gesinnt sein können. Hab Mitgefühl mit Ihnen, aus deinem Herz heraus, auch von innen nach außen. Jeder Mensch hat seine Geschichte. Jeder Mensch muss seine eigenen Erfahrungen sammeln, um am Ende genau dahin zurückzukehren, wo du schon von klein an immer sein wirst: in die unendliche Fülle der Liebe.

Licht und Schatten sind so nahe beieinander wie Tag und Nacht, Sonne und Mond, wie der Sommer und der Winter. Zeit ist nur eine Illusion. Wer in allem die Liebe erkennt, der spürt in allem das Leben. Licht und Schatten wohnt auch in den Menschen. Wenn du dem Schatten in deinem Gegenüber niemals Raum gibst, dann hat er keinen Platz größer zu werden. Begegne allem und jedem aus deiner Liebe heraus und dir wird Liebe zu teil werden.

Es wird ab und an Menschen geben, die so voller Schatten sind, dass sie deine Liebe und dein Licht, kleines Sternchen, nicht erkennen können. Sie werden irritiert sein von deiner Schönheit. Sie werden dir mit Wut begegnen, mit Neid, Hass oder Eifersucht. Weil sie ihren Zugang zu ihrem Licht für einen Moment verloren haben.

Alles kann, nichts muss. Ein „NEIN in Liebe" zu jemand anderem darf ausgesprochen werden. Was für dich bestimmt ist, wird bei dir bleiben, was gehen soll wird gehen.

In diesem Leben, in das du geboren wirst, ist nichts unendlich, außer der Liebe in dir. Der Rest sind kunterbunte Geschichten auf der Bühne des Daseins, an denen du teilhaben darfst, aber nicht musst. Sie kommen und gehen. Wie die auf- und wieder untergehende Sonne. Alles kommt wieder, in anderer Form. Doch nichts bleibt gleich.

Du darfst frei wählen, frei aus deinem Herzen, geführt durch die höchste Kraft, wo dein Platz in jedem Augenblick sein soll. Und eines, mein Sternchen, möchte ich dir noch mitgeben: die Menschen, die am lautesten schimpfen oder schreien, die haben den größten Hunger nach Liebe. Mein liebes Sternchen danke, danke dass du diese Welt mit deinem Leuchten noch heller machen wirst. Wenn ich einmal nicht bei dir bin, Sternchen, dann sei dir sicher, auch wenn du mich nicht sehen kannst, bin ich in deinem Herzen. Für immer. In Liebe deine Mama."

ROTKÄPPCHENS GROSSELTERN

Rotkäppchen wurde nach ein paar Tagen von ihren Großeltern in Empfang genommen. Die Oma war eine liebevolle alte Frau, die Rotkäppchens Mutter sehr ähnlich war.

Rotkäppchens Opa hingegen war sehr still und zurückgezogen, in seiner bunten Welt. Er hatte nicht viel Aufmerksamkeit für das kleine Mädchen. Den ganzen Tag war er damit beschäftigt sich um seinen Fischteich zu kümmern. Die kleinen Wassertierchen waren sein Heiligtum. Er angelte von morgens bis abends, legte sich zu Bett und ging früh wieder los.

Rotkäppchen wuchs heran und erfreute all die Menschen, denen es beim Spazierengehen mit seiner Oma begegnete. Jeden Tag gingen die beiden in den nahegelegenen Wald. Die liebevolle alte Frau, die eine gebückte Haltung hatte, zeigte dem kleinen Mädchen all die Pflanzen und Tiere. Immer wieder sagte sie:

„Liebes Rotkäppchen, alles, was du hier sehen kannst, ist ein Teil von dir. Jede Pflanze, jedes Tier ist Teil des großen Ganzen, aus dem auch wir entstanden sind. Alles hier ist ein Freund. Manche Tiere sind laut, aber nicht, weil sie böse sind, sondern weil sie Angst haben. Sie möchten sich schützen. Ihnen hat man beigebracht, dass Menschen eine Gefahr sind. Schau mal Rotkäppchen, dort vorne steht ein Reh. Es hält Abstand von uns, wahrscheinlich weil es sich nicht sicher ist, was wir von ihm wollen. Es möchte beobachten, was passiert, bevor es sich traut näher zu kommen. Wir bleiben einfach hier stehen und zeigen dem Reh, dass wir ihm nichts Böses wollen. Ein liebevoller Blick aus unserem Herzen wird es vielleicht einladen sich anzunähern.

Zwischen uns und diesem Reh ist ein Raum. Unsere Augen sehen in diesem Raum nichts. Doch in dem für die Augen nicht sichtbaren Feld ist eine Kraft. Eine Energie, die nur im Herzen spürbar ist. Sie verbindet alles miteinander. Wir bleiben einfach hier bei uns und lassen das Reh bei sich in seinem Feld sein. Die Kraft dazwischen wird entscheiden, was passieren darf. Wenn wir das Reh zu sehr bei uns haben wollen, dann senden wir das an das nicht sichtbare Feld zwischen uns und dem Tier und das Reh kann nicht mehr frei entscheiden, ob es sich nähern möchte oder nicht, es wird von uns beeinflusst. Und das wollen wir nicht. Wir möchten es frei sein lassen, so frei wie auch wir sein dürfen.

Egal, was dir im Leben begegnet, dieser Raum dazwischen, der entscheidet. Aus der höchsten Quelle. Bleib immer bei dir, in deinem Herzen. Lass geschehen, was geschehen möchte, ohne es mit deinem kleinen Köpfchen zu steuern."

Aufmerksam lauscht Rotkäppchen den Worten seiner Omi. Natürlich ist es noch zu klein, um all das das in seinem Kopf, der noch nicht begreifen kann, verstehen zu können. Aber das kleine Herz, das versteht bereits alles und nimmt auf, was für später gespeichert werden soll.

Eine Weile stehen alle drei still auf ihrem Platz. Dann bewegt sich das Gras. Das Reh kommt näher. Einen Schritt. Und noch einen.

„Jetzt hat es uns gezeigt, dass es uns Vertrauen schenkt. Aber das Geschenk, das dürfen wir nicht ausnutzen. Wir bewegen uns auch nur einen Schritt. Der, der Angst hat, der darf in seinem Tempo kommen. Nie umgekehrt. Wir sind in der Fülle. Wir spüren im Herzen, dass alles gut ist. Genau das legen wir in das Feld vor uns. Das Reh ist noch ein wenig unsicher. Es hat Angst und einen Schritt Vertrauen von seiner Seite in das Feld gelegt. Wir sind im Vorsprung. Es darf zu seiner Zeit in das volle Vertrauen kommen, wenn es das möchte.

Und, Liebes, irgendwann, wenn ich vielleicht nicht mehr neben dir stehen kann, weil ich nur noch als Erinnerung in deinem Herzen bin, wirst du dich fragen, woher ich all das weiß, was das Reh empfindet. Weißt du, jedes Lebewesen, das in vollkommener Liebe mit sich selbst ist, das spürt all das, was der Liebe noch im Weg steht - auch jedes Gefühl. Das nennt man Sensibilität. Ich weiß, deine kleinen Kinderohren können damit noch nichts anfangen, aber dein Herz, es hört bereits alles. Also, Schatz, warten wir noch ein wenig, in der Liebe, und beobachten, was weiter passiert."

Rotkäppchen steht geduldig neben seiner Omi. Beide sind in vollkommener Ruhe und Zufriedenheit, atmen ein und aus und lächeln. Es scheint, als würde ein Zauber von ihnen ausgehen, ein Licht, das auch durch jeden von uns leuchtet. Das Reh wird damit ganz von selbst eingeladen noch ein Stück näher zu kommen.

Könnte man Gedanken von Tieren lesen, würde man meinen, das Reh begreift gar nicht, was rundherum gerade geschieht. Es kann gar nicht anders, als sich den beiden zu nähern. Und wahrlich, für den Verstand ist das alles nicht begreifbar. All das findet auf einer höheren Ebene statt, die durch uns alle fließt und erst dann in Fluss kommen kann, wenn wir uns und andere sein lassen. Sein lassen, so wie sie sind. Rotkäppchen und seine Großmutter sind bei sich geblieben, so dass das Reh die Möglichkeit hatte, sich von der Energie der Freiheit anziehen zu lassen. Diese bedingungslose Freiheit erlaubt allen Ängsten und all den Sorgen keinen weiteren Raum, sie verpuffen wie eine Illusion im Wind.

Rotkäppchen ist noch sehr klein, man möge meinen seine Kinderohren können gar nicht vernehmen, was Großmutters Worte ihm mitteilen wollen, und doch bleibt es weiterhin stillstehen, obwohl das Reh sich bereits einen Schritt mehr bewegte.

Unser Unterbewusstsein hört alles. Alles, was wir aus der Liebe heraus sagen, kann es sofort umsetzen. Liebe kann nur Liebe erkennen.

Das Tier bewegt sich noch einen Schritt weiter und vorsichtig macht auch Rotkäppchen einen nächsten Schritt auf das junge Reh zu, ganz von selbst. Weitere Minuten vergehen und alle drei Geschöpfe stehen einfach nur, ohne Hast und Eile da, verbunden mit allem, was ist. Sie lassen geschehen. Ohne die Führung zu übernehmen, lassen sie sich führen, von der Energie, die alles für uns, durch uns lenkt und leitet. Es ist wie ein Tanz.

Die letzten Sonnenstrahlen scheinen durch die Blätter der Bäume, Magie liegt in der Luft.

Keiner will etwas, denn jeder spürt, er hat alles in sich. Auch das Tier hat Gelassenheit in sich gefunden, hat sich mit seiner Aufmerksamkeit von der anfänglichen Ohnmacht und Panik in eine innere Zufriedenheit zurückbewegt, in seinen eigenen Raum, in dem es immerwährend sicher sein kann.

Die beiden anderen haben ihm diesen Raum geschenkt, indem sie ganz bei sich geblieben sind. Sie hatten es nicht eilig. Die Liebe kann warten, warten, bis alle Seiten bereit sind, sie zu erkennen. Großmutter sagt nun sanft zu Rotkäppchen: „Liebes, schau wie alles um uns glitzert und funkelt. Deine wunderschönen Augen, sie strahlen so hell. Von ihnen geht etwas ganz Besonderes aus. Behalte dir das immer und wisse, du hast in jedem Moment alles bei dir. Verlasse nie deinen Raum, er ist heilig. Dringe niemals ungefragt in den Raum eines anderen ein, denn er ist ebenso heilig wie deiner. Trefft euch in der Mitte. In diesem Raum, der nichts und alles ist, zwischen euch beiden. So kann jeder bei sich bleiben, verbunden mit dem eigenen Herzen, der eigenen Kraft, dennoch vereint, durch die Energie der Liebe, die von beiden ganz automatisch, ohne etwas dafür tun zu müssen ausstrahlt. Es ist, als würde ein drittes, unsichtbares Feld entstehen, das sich ganz neu befüllt.

Geschehen lassen ohne Druck, ohne Wollen oder Zwang. Das ist das Geheimnis, der Schlüssel für alles in diesem Leben. Und nun, Liebes, beobachten wir das Reh weiter. Vielleicht sendet es uns durch eine Bewegung eine Einladung, für eine sanfte, erste Berührung."

Das Tier steht still. Es beobachtet alles. Alles um sich herum. Nichts bewegt sich. Kein Blatt. Der Wind hat aufgehört zu wehen. Frieden liegt in der Luft. Es blickt Rotkäppchen tief in die Augen. Eine besondere Verbindung, die keiner Worte bedarf. Sie IST alles, alles, was zählt, damit wahrhaftige Begegnung stattfinden kann. Großmutter sagt liebevoll:

„Liebes, ja. Das ist es. Unsere Augen sprechen die Sprache der Liebe. Seelensprache. Tiefe Verbundenheit. Alles ist miteinander untrennbar verbunden. Auch wenn es für das bloße Auge so scheinen mag. Wir dürfen hier auf dieser Erde im scheinbaren Getrenntsein erfahren, dass diese Trennung gar nicht existiert. Es ist auch nur eine Illusion. Eine Täuschung, an die nur der Verstand glaubt, weil er nicht sehen kann, was eigentlich passiert. Das, Liebes, sieht nur dein Herz. Du weißt das. Du spürst das. Du hast das nie verloren. Deine Mami hat dir schon davon erzählt, als du noch in ihrem Bäuchlein warst. Und du, Liebes, wusstest das ohnehin schon, als deine Seele entschieden hat, auf diese Erde zu kommen. Du hast ein reines Herz. Bewahre es dir."

Rotkäppchen lächelt, saugt jedes Wort auf, das es hört. Plötzlich hebt das Reh den Kopf, dreht ihn ein wenig zur Seite und wieder zurück. Rotkäppchen streckt daraufhin behutsam seine kleine Hand in die Richtung des Tiers. Das Mädchen berührt es noch nicht. Es eröffnet wieder einen Raum, auf den das Reh reagieren kann, wenn es möchte. All das passiert einfach. Ohne Plan, ohne Ziel, im puren Sein in diesem einen Augenblick. Das Reh kommt näher, nimmt instinktiv die Einladung an und streicht mit seiner Nasenspitze über Rotkäppchens Hand.

In diesem Moment fliegt ein Schmetterling vorbei. Er nimmt auf Rotkäppchens kleiner Schulter Platz. Dieses Bild, es bleibt für die Ewigkeit. Großmutter lächelt und sagt liebevoll:

„Siehst du, Liebes. All das, was hier passiert, kann man nicht beschreiben. Man darf es erleben. Und all das zieht noch mehr wundervolles an. Der Schmetterling hat diesen Zauber gespürt und sich führen lassen. Zu uns. Lieben bedeutet Liebe zu sein. Ganz unabhängig davon, wie viel zurückkommt. Wartest du darauf, dass jemand dich in Liebe hüllt, kann DEINE Kraft nicht fließen. Sie ist angehalten, von DIR gesteuert.

Was dich schwächt ist also nicht zu wenig Energie von außen, sondern deine Erwartungshaltung, deine Bedingung an etwas anderes, das deine höchste Kraft in den Stillstand bringt und dich abschneidet, von dir selbst, der Liebe, die IN DIR fließen möchte. Egal was kommt, geht oder bleibt, in der LIEBE zu sein und somit im Geben - darin liegt die Herzenskraft ..."

Rotkäppchen hatte eine schöne Kindheit. Das Heim bei ihrer liebevollen Mutter und Ihren Großeltern ermöglichte ihr ein Feld, in dem es gedeihen und heranwachsen konnte, voller Freiheit im Herzen und bedingungsloser Liebe. Viel Zeit verbrachte das kleine Mädchen im Wald, meist mit einem kleinen Körbchen im Gepäck. Der Inhalt des Körbchens war nie der gleiche. Immer wieder packte es ein paar Gegenstände ein, um behütetet und beschützt zu sein. Manchmal waren es Murmeln, manchmal Brotkrümel, eine kleine Fee in Puppengestalt oder auch Futter für die Tiere, denen es auf seinem Weg begegnete.

So zogen die Jahre ins Land und aus klein Rotkäppchen wurde eine junge Frau. Mit den Jahren kam auch ein unerklärlicher, immer wiederkehrender Schmerz in seiner Brust auf. Rotkäppchen gab diesem Schmerz nicht viel Bedeutung, doch immer, wenn es ihn spürte, kullerte eine Träne über die Wange.

In diesen Momenten schaute sie zum Himmel nach oben und sprach zu Gott: „Irgendwann, das weiß ich, wirst du mich erlösen. Und mir zu erkennen geben, was mein Herz in diesen Augenblicken schmerzen lässt."

Dieses Vertrauen hatte Rotkäppchen von seiner Großmutter gelernt. Sie erinnert sich gerne an die weisen Worte der mittlerweile sehr alten Frau, die da lauteten:

„Alles, was weh tut, das vergeht. Schmerz ist genauso wertvoll wie Freude. Beide gleich stark anzunehmen, das ist das, was das Leben sich von uns wünscht. Alles kommt, alles geht, nichts bleibt. Nichts, außer all das, was du bist. Spüre immer die Vollkommenheit, die Liebe, die du bist. Jedes Gefühl ist Liebe. Jeder Schmerz ist Liebe. Bedingungslos sein lassen, was du in diesem Leben erfahren darfst – das ist der Schlüssel. Zweifle nie, hab keine Angst, denn beide sind nur Illusionen, die das Leid verlängern. VERTRAUE. Sei dankbar, demütig, voller Hingabe, in dem tiefen Empfinden von Frieden. Nicht du, liebes Rotkäppchen, schreibst die Geschichte des Lebens. Die Geschichte schreibt sich DURCH dich. Dein Weg ist bestimmt. Lass dich führen, von der leisen Stimme. Höre auch die lauten Töne, aber miss ihnen keine Bedeutung bei. Sie wollen dich lediglich in die Irre leiten.

Wenn du auf dem Weg bleiben möchtest, dann halte dich stets an die Stimme deines Herzens, egal was draußen passiert, egal was man dir sagen möchte. Dein Herz wird wahrhaftig verstehen und erkennen."

DIE GESCHICHTE DES WOLFS

Es war ein kalter Wintertag, als der Sturm besonders stark wehte und die Kälte über das Land zog. Irgendwo auf einer Waldlichtung ertönt ein leises Heulen. Da liegt er. Ein kleiner Wolf, eben erst auf die Welt gekommen. Zitternd am ganzen Körper. Sein kleines Köpfchen sucht vergeblich nach der ihm fehlenden Nestwärme. Nach einem Unterschlupf, in dem er sich geborgen fühlen kann, so wie in dem Bäuchlein seiner Mutter.

Erschöpft schläft er wieder ein. Als er aufwacht, spürt der kleine Wolf, dass er auf sich allein gestellt ist. Vorsichtig erhebt er seinen kleinen, noch sehr schmächtigen Körper vom Schnee und beginnt sich zu bewegen. Ein Schritt nach dem anderen. Wieder sackt er zusammen. Es fehlt ihm an Kraft. An Kraft, um den Weg weiter fortsetzen zu können. So liegt er eine Weile da. Bewegungslos. Und beginnt zu träumen. Von einem Hasen, der sich in seinem Sichtfeld verletzt und der starken Blutung erliegt.

Erschöpft bewegt er sich im Traum zu dem Hasen hin und seine kleinen Augen beginnen das erste Mal zu strahlen. Futter! Endlich.

Als er aufwacht, ist er voller Hoffnung. Er sieht sich um, doch erblickt er keinen Hasen. Ein Traum…eben nur ein Traum.

Plötzlich hört er eine leise Stimme, die zu ihm spricht. Sie sagt: „Dreh dich um, kleiner Wolf. Dreh dich einfach um und du wirst finden, wonach du suchst. Du bist niemals allein. Auch wenn du niemanden siehst, ist trotzdem jemand da. Ich bin es, deine Herzensstimme. Ich lass dich niemals im Stich.“

Mit einem schnellen Ruck dreht der Wolf den Kopf nach hinten und siehe da, ein kleines Stück weit entfernt erblickt er einen roten Fleck im Schnee. Er nimmt all seine letzte Kraft zusammen und bewegt sich in diese Richtung. Seinen kleinen Äuglein kaum trauend entdeckt er vor sich einen Hasen, der scheinbar verblutet war. Kann das denn wahr sein? Niemand war da. Kein Mensch, kein anderes Tier. Wer hat da zu ihm gesprochen? Seltsam.

Nicht weiter darüber nachdenkend beginnt das kleine, mittlerweile halb verhungerte Tier zu fressen. Voller Genuss. Und da ist sie wieder, die Stimme. Diesmal sagt sie: „Für dich wird immer gesorgt sein. Immer. Niemals wirst du Mangel empfinden. Das, was du brauchst, wird dir in jedem Moment zu Teil werden, wenn du mir zu vertrauen beginnst. Ich sorge für dich. Ich werde da sein. Du wirst auch andere Stimmen kennen lernen: die Angst, die Wut, die Enttäuschung, die Macht und die Ohnmacht. Die Trauer und die Verzweiflung. Sie sind laut. Sie dürfen auch ihren Raum bekommen. Doch vergiss nicht auf mich, ich bin die, die dich versorgt und dir den Weg weisen wird, immer."

Voller Freude strahlend beginnt der kleine Wolf im Schnee zu tanzen. Er tanzt mit den nun wieder herabfallenden Schneeflocken um die Wette. Er spürt den Boden unter seinen kleinen Pfoten. Kleine Tränen wandern über sein behaartes Gesichtchen. Er spürt Dankbarkeit. Tiefe Dankbarkeit. Der schönste Beweis der Herzensliebe ist Vertrauen. Vertrauen entspringt aus dem Herzen. Tief aus uns heraus. Es kommt niemals von außen. Zuerst von innen, durch die leise, kaum hörbare Stimme. Dann erst, wenn wir uns diesem bedingungslosen Zustand hingeben, zeigt sich selbiger im Außen. Nie umgekehrt. So konnte der kleine Wolf schon kurz nach seiner Geburt durch eine Erfahrung des Alleinseins spüren, wie kraftvoll diese Verbundenheit in ihm ist. Geboren, um zu leben. Von klein an ins kalte Wasser gestoßen. Ohne Eltern. Und doch wurde

er reich beschenkt: mit der Liebe der höchsten
Quelle, die uns alle umsorgt, die für uns da ist
und im richtigen Moment durch uns fließt, wenn
wir es zulassen und uns nicht zu sehr in Ängsten
verlaufen – den lauten Tönen.

Jetzt läuft er los. Kraftvoll. Mit leuchtenden
Kulleraugen. Mitten rein ins Leben. An einer
Lichtung stößt er auf einen kleinen Bach. Neugie-
rig streckt er die Nase in das eisig kalte Wasser
und beginnt zu trinken, um seinen Durst zu stil-
len. Wie schön das Leben sein kann. Nach Dunkelheit kommt das Licht. Das möchte er sich ab
jetzt in Erinnerung halten, komme was wolle.
Niemals möchte er das vergessen. Und falls doch,
ist er im Vertrauen, dass er daran erinnert wird.

Der kleine Wolf wächst heran. Schläft im Dickicht, jagt Kleintiere, wenn er Hunger hat und
erfreut sich seines Daseins. Die Zeit vergeht.
Mehrere Sommer und Winter ziehen ins Land.

Irgendwann wird er plötzlich traurig. „Ko-
misch, dieses Gefühl habe ich lange Zeit nicht ge-
habt", denkt er. „Woher das wohl kommt?" Und
auch er spürt einen Schmerz in seiner Brust.
Kneift die Äuglein zusammen, atmet und bewegt
sich weiter. Der Schmerz vergeht, so wie der
Herbst gerade seine letzten Blätter neben ihm zu
Boden fallen lässt. Alles im Wandel. Alles
kommt, alles geht, nichts bleibt.

Eines Nachts wacht der kleine Wolf auf. Schüsse. Laute Schüsse, die immer näherkommen. Ein Geräusch, das er bisher noch nicht vernommen hat. Unbekannt. Er spürt, dass so etwas wie Angst aufsteigen möchte. Rasch erinnert er sich an die leise Stimme, die ihm einmal sagte, er solle sich auf sie konzentrieren. Sich darauf zu besinnen genügt. Es ist wie eine Einladung, der das Herz sofort Folge leistet. Da ist sie also wieder. „Beobachte. Bleib in deinem Versteck. Mehr ist nicht zu tun."

Der Wolf folgt ihr. Ganz ruhig atmet er im Dickicht ein und aus. Ein Schuss fällt. Noch einer. Beide gehen an ihm vorbei.

„Siehst du. Wenn du hektisch davongelaufen wärst, aus Angst, dann hätte dich vielleicht ein Schuss getroffen. So warst du im Vertrauen. Du bist geblieben, wo du warst und hast gewartet, was passiert. Das Leben ist immer für dich da." So lernte der kleine Wolf an diesem Tag wieder etwas Neues im Außen kennen, verbunden mit etwas bereits Bekanntem im Innen. Langsam verstand er: egal, welche Begegnung er haben wird, ob er kämpfen muss oder ausgenutzt wird - seine innere Führung wird ihm stets Halt und Sicherheit geben.

Einen Tag später ist er sehr schwach und müde. Sein Herz schmerzt. Es fühlt sich an, als würde etwas fehlen. Zögernd stellt er sich die Frage: „Warum tut das denn manchmal so weh?" Stille. Keine Antwort. Die Nacht verläuft unruhig. Er dreht sich von links nach rechts und wieder zurück und findet kaum Schlaf.

Am nächsten Morgen wacht der kleine Wolf auf. Er weiß nicht, wie viel Zeit vergangen ist. Vielleicht nur eine Nacht. Vielleicht auch Monate oder Jahre….

DIE GESCHICHTE VON ROTKÄPPCHEN UND DEM WOLF

Rotkäppchen ist mittlerweile zu einer jungen Frau herangewachsen. Vor ein paar Jahren ist ihre geliebte Großmutter verstorben. Sie wurde an der Stelle begraben, wo sie und Rotkäppchen vor vielen Jahren zusammen im Wald nach kleinen Tannenzapfen suchten, um gemeinsam eine Krippe zu bauen. Rotkäppchen erinnert sich gern an diese Zeit zurück. Jedes Jahr der gleiche Platz. Eine kleine Mulde unter den Bäumen von Moos umrandet. Sie sammelte kleine Tannenzapfen und stellte in dieser Mulde eine Jesuskrippe auf. Berührt und unter Tränen erinnert sie sich nun an den Zeitpunkt zurück, als sie anstelle der Tannenzapfen die Urne der Großmutter an dieser Stelle unter die Erde setzte. Als sie aufsieht, funkelt ein Sonnenstrahl durch die Bäume hindurch in ihre Augen. „Großmutter…ich weiß, du bist immer an meiner Seite. Immer in meinem Herzen…"

Auf dem Weg zurück hört Rotkäppchen plötzlich ein Knurren. Verwundert dreht sie sich um und erstarrt. Ein Wolf steht unmittelbar vor ihr und starrt sie mit weit aufgerissenen Augen und fletschenden Zähnen an. Sekunden. Vielleicht auch Minuten. Stille. Keiner der beiden bewegt sich einen Millimeter. Angst liegt in der Luft. Dann beginnt der Wolf zu sprechen. „Was willst du in meinem Gebiet?"

„Dein Gebiet?" fragt Rotkäppchen. „Das ist mein Kindheitsort, ich bin hier mit meiner Großmutter aufgewachsen. Ich habe dich noch nie gesehen!" „Lügen! Lauter Lügen! Was für Lügen ihr Menschen erzählt. Und ihr Frauen besonders…verschwinde hier, oder du wirst mich kennenlernen!" Vollkommen verstört wendet sich Rotkäppchen ab und geht leisen Schrittes, ohne sich nochmals umzudrehen, davon.

ROTKÄPPCHENS TRAUM

In der Nacht hat sie einen Traum. Ihre Großmutter erscheint. „Liebes, ich erzähle dir jetzt
eine Geschichte. Eine Geschichte für erwachsen
gewordene Kinder wie dich. Sie ist anders als die
Geschichten, die ich dir erzählte, als du noch
klein warst… Es war einmal ein verzauberter
Wolf. Auf ihn wurde als kleines Kind ein Fluch
erlegt. Der Fluch besagte: erst, wenn er sich wahrhaftig in eine Frau verliebt, in Menschengestalt,
die sein Herz so derart berührt, wird er erlöst
werden und wieder zum Menschen."

„Was ist diesem Wolf passiert?" fragt Rotkäppchen.

„Nun ja. Er hat den Fluch seiner Eltern übertragen bekommen. Die beiden führten keine Beziehung in wahrhaftiger Liebe. Beide lehnten sich
ab. Vor lauter Angst. Vor lauter Angst, nicht genug zu sein, erdrückte der eine den anderen. Statt
Nähe gab es Distanz. Die erste Zeit war wundervoll. Da verliebten sich beide ineinander. Doch
als die Chance auf eine ernsthafte Beziehung miteinander immer näher rückte, begannen beide
sich ganz unbewusst abzulehnen. Klingt ein wenig nach einer verkehrten Welt, nicht?"

Rotkäppchen staunte. „Mir kommt die Geschichte ein wenig bekannt vor. War das nicht bei meiner Mutter und meinem Vater ähnlich? Meine Mutter die Realistin, mein Vater der Magier, der Zauberer, der nie etwas erreichte in dieser Welt außer Magie. Zwei Kontraste, die nicht zusammen sein konnten. Weil der eine versuchte, den anderen zu etwas zu machen, womit er selbst nicht glücklich war. Großmutter. Was ist hier los?"

Liebevoll legt die Großmutter im Traum den Arm um Rotkäppchen:

„Weißt du Liebes. Du bist auserwählt. So wie der Wolf. Es gibt immer einen in der Familie, der beides in sich trägt. Himmel und Erde. Das Bodenständige UND das Himmlische. Und somit die Einheit bildet. Dir war das bisher vielleicht noch nicht klar. Deine Aufgabe ist nun folgende: wiederhole nicht die Geschichte deiner Eltern.

Bisher ist in dir nur die sanfte Seite erwacht. Die himmlische. Die Frau in dir. Doch ein Mensch braucht beide Seiten. Weiblich und männlich. Die Aufgabe eines jeden Menschen in diesem Leben ist es, durch die Erfahrung im Laufe der Jahre und alle Begegnungen, die uns das Höchste schenkt, wieder vollständig zu werden.

Eigentlich sind und waren wir das ja immer schon. Aber das getrennt Sein von Geburt an hat uns glauben lassen, dass wir erst etwas werden müssen, damit wir etwas sind. Nicht alle sind auf diesem Weg in die vollkommene Ganzheit. Du hast diese Aufgabe bekommen. Und dir wurde ein ganz besonderes Gegenstück im Außen erschaffen, das momentan auf der Bildfläche NUR männlich ist, seine sanfte Seite aber noch gar nicht kennt, weil er als kleines Kind so viel Leid und Schmerz ertragen musste, dass er der Hingabe und liebevollen Führung einer Frau vollkommen misstraut, weil die Urwunde und der Kampf von klein an nur durch einen Überlebensmodus aushaltbar waren. Und der lautete: abschotten. Hart werden. Keine Schwäche zeigen und schon gar nicht die lang schon wartende Verletzbarkeit zeigen."

„Aber Großmutter…das alles klingt mir nach einem Horrormärchen. Ein verzauberter böser Wolf?" fragte Rotkäppchen.

„Ja Liebes. Genauso wie du dein Käppchen immer trägst und dein Körbchen mit dabeihast. Du bist auch verflucht worden, immerwährend ein kleines Mädchen zu sein, obwohl du längst eine Frau bist. So seid ihr beide klein geblieben. Der eine ein verletzter kleiner Mann, aus falschem Stolz und großer Angst brüllend, die Liebe nicht einmal sehend, weil er sein Herz für SICH selbst verschlossen hat.

Und du… schönes Rotkäppchen mit den großen Kulleraugen und der unbesiegbaren Liebe
und Warmherzigkeit für alles und jeden…die
sich aber noch nie in den Spiegel geschaut hat,
um sich SELBST zu erkennen. Fühlst du da Paral-
lelen? Ihr habt die gleiche Geschichte. Nur anders
aufgebaut. Jeder hat etwas zu lernen in diesem
Leben.

Deine Eltern erkannten das nicht. Sie machten
sich unbewusst zu Gegnern, weil die Angst vor
Verletzung dominierte. So wurden ihre inneren
Gegner auch außerhalb im Miteinander sichtbar.
Und siegten. Zu weh hätte es wohl getan, wenn
sie sich ineinander erkannt hätten und bemerkt
hätten, dass der eine das passende Gegenstück
für den anderen ist. Ein Spiegel. Doch keiner von
ihnen traute sich dem anderen in die Augen zu
sehen, um die Seele sprechen zu hören. Du, Liebes, du hast diese Kraft mitbekommen. Deine
Aufgabe in diesem Leben ist es, diesen Fluch ein
für alle Mal zu beenden. Damit diese Energie
nicht auch noch auf deine Kinder übertragen
wird."

„Aber Großmutter. Was soll ich jetzt tun?"

„Du wirst geführt. Hör auf dein Herz. Es kennt
die Antworten…"

DER TRAUM DES WOLFES

Nicht allzu weit entfernt träumt der Wolf in derselben Nacht einen ähnlichen Traum. Sein Vater erscheint darin:

„Wolf, jetzt beginnt eine spannende Zeit in deinem Leben. Du wirst auf eine besondere Frau treffen. Zu Anfangs wirst du sie ablehnen, weil sie so viel Liebe im Herzen trägt, dass du vor lauter Angst wütend und aufbrausend sein wirst. Sie wird am Ende jedoch deine Erlösung sein, wenn du es zulässt.“

„Vater! Was erzählst du mir da? Eine Frau? Meine Erlöserin? Dass ich nicht lache! Die können doch alle nichts. Du erzählst mir ein Märchen. Wieso kommst du nicht und rettest mich aus diesem viel zu lange getragenen Kostüm?“ fragt der Wolf.

„Weil es das Drehbuch nicht so vorsieht. Und das schreibe nicht ich. Das schreibt sich durch uns hindurch. So lange bis die Geschichten aufgelöst sind und die Liebe vereinen kann, was laut dem Plan des Höchsten zusammen sein soll. Junge, vertraue. So, wie du in deinen wilden Weg vertrauen gelernt hast. In deine Jagd. In all deinen Kämpfen im Wald.

Dasselbe Vertrauen sitzt in deinem Herzen. Es wird dich leiten, auch wenn du jetzt noch keine Ahnung von dem hast, was alles passieren wird. Vertraue, dass es durch dich passiert – niemals wegen dir. Wegen dir, das wäre dein Ego, deine Angst. Wisse, es gibt etwas Höheres, das dich leitet. Trau dich. Trau dich, dein Herz wieder zu spüren. Es wartet schon zu lange auf Erlösung…"

EINE SPRACHE
OHNE WORTE

An einem Nachmittag, wie jedem anderen, spaziert Rotkäppchen gedankenverloren im Wald. Nichts sehend, nichts hörend, nichts sagend, mitten im nirgendwo. Nichts. Nichts außer diese mittlerweile wundervolle Frau. Leuchtend, wie ein Stern, auch tagsüber. Sie steht und staunt, über all die Wunder um sie herum. Die Bäume, Vögel und Blätter. Doch keine weitere Menschenseele weit und breit.

In der Stille raschelt es im Busch. Der Wolf steht schon eine ganze Weile dort und fühlt sich wie magisch hingezogen zu dieser Frau. „Kann das sein?" denkt er sich. „Nein, das kann nicht sein, ein Mensch…und ich bin wie verzaubert. Ich kann mich kaum bewegen. Möchte näherkommen, traue mich aber nicht. Doch ein magisches unsichtbares Band zieht mich immer weiter. Ich kann nicht anders, ich muss mich zeigen." So tritt er aus dem Dickicht heraus. Und erscheint.

Rotkäppchen erschrickt im ersten Moment. Ein Fellwesen. Unberechenbar. Unkontrollierbar.

So zerzaust und wild. Langsam nähern sich beide an, bis sie einander gegenüberstehen. Vorsichtig bückt sich Rotkäppchen hinunter und blickt dem Wolf mitten in seine Augen. Das Herz beginnt zu pulsieren. „Wie kann das alles sein? Was ist das? Unmöglich…alles unmöglich…"

Keine Worte. Es braucht keine Worte. Eine Sprache, die nicht von dieser Welt ist und doch so viel mehr aussagt als jede laut ausgesprochene Silbe. Vollkommen telepathisch kommunizieren die beiden miteinander.

So stehen sie eine Weile da und spüren. Ihre beiden Körper, die Sehnsucht, die Liebe. Liebe, die ganz von selbst fließt – von einem zum anderen – und beide unsichtbar, wie eine liegende Acht, verbindet. Unendlich. Das Gefühl ist so neu, so unbeschreiblich schön, so wie man es vielleicht im Traum erlebt. Nicht von dieser Welt. Abhebend. Erhebend. Aus allem geglaubten hinaus, weit höher, bis zum Himmel und wieder zurück auf die Erde. Ja, Himmel und Erde verbindend. Rotkäppchen denkt sich „werde ich jetzt verrückt? …"

Und eine leise Stimme flüstert: „Nein, du bist vollkommen im Moment. Verbunden mit allem. Mit deiner schönsten Seite in Form eines Gegenübers. Es ist der Eintritt in die eigentliche Welt. So, wie du sie noch nie erlebt hast. Du hast viel gelitten. Viele Verluste und viele Schmerzen erlitten. Und doch hat etwas in dir immer an Wunder geglaubt. Weißt du Liebes, die, die am meisten Schmerzen erleiden und damit in den tiefen Genuss kommen, dass ihr Herz mehrfach aufgebrochen wird, auf die wartet das schönste Licht, wenn sie bereit sind, es erblicken zu wollen."

ES RAUBT EINEM DEN VERSTAND

Der Wolf steht da und weiß nicht mehr wie ihm geschieht. Nichts bewegt sich. Er will laufen, zu überwältigend ist das Gefühl, plötzlich kommen Ängste hoch. Verlustängste. „Wie soll man so etwas, was man noch nie erlebt hat, festhalten können, wo einem schon das entglitten ist, was einem lange nicht so bedeutungsvoll oder so groß erschien?" Auch ihm wohnt eine leise sanfte Stimme inne, die flüstert:

„Lieber Wolf, du hast all das verdient. All das und nicht weniger. Selbst wenn man dir dein Leben lang gezeigt hat, dass du alles allein schaffen musst, so war das nur eine Vorbereitung auf diese besondere Begegnung, die dein Leben vollkommen verändern wird, wenn du es zulässt. Immer wieder werden Ängste und alte Bilder kommen, die versuchen werden, dich zu täuschen und dir erklären zu wollen, dass du alles wieder verlieren wirst. Doch das sind nur Gedanken. Gedanken, die dich schwächen wollen, die dir erklären wollen, du seist der Liebe nicht wert.

Achte auf deine Gedanken. Sie haben enorme Kraft. Jedes Mal, wenn du einen Gedanken hegst, der dich von der Liebe wegtreibt, wird diese Frau das spüren. Eure Verbindung ist sehr tief. Seit dem ersten Augenblick an. Sie kann dich fühlen. Fühlt deine Ablehnung und wird sie gegen sich selbst richten. Es ist, als würdest du bei ihrem Anblick in deinen Spiegel schauen und umgekehrt auch.

Du bist ein machtvolles Wesen, setze die Macht deiner Gedanken weise ein. Ansonsten steht euch ein ewiger Kampf bevor. Und dieser Kampf beginnt und endet in DIR. Sende Liebe aus, so kommt sie zu dir zurück. Von innen nach außen. Umgekehrt wird es schwer. Sobald du eine Mauer aufgebaut hast, kommt man schwer hindurch.

Es wird dieser Frau viel Kraft kosten, sich durch dein Gedankenwerk zu bohren. Gedanken sind Energie. Arbeitest du gegen dich und das Beste, was du verdient hast, so wirst du genau dies im Außen erfahren. Du kreierst deine Welt. Du bist Schöpfer. Durch dich wirken Kräfte. Erkenne dich und erkenne die Lebendigkeit. Du hast nur das Beste verdient. Jegliche Angst und jeglicher Gedanke an etwas anderes werden dich Leid kosten.

Ich weiß, du hast gelernt, was Leiden bedeutet. Du hast den Schatten mehrfach umarmen dürfen. Doch da wartet eine andere Seite in dir. Das Licht. Und jemand, wie du, der so kraftvoll durch die Schattentäler gewandert ist, auf den wartet nun ein ebenso kraftvolles Licht.

Du musst nichts wissen. Vertraue einfach deinem Herzen. Es kennt den Weg. Lass es dich führen, der Verstand ist nur Diener. Seine alten Geschichten haben keine Macht mehr. Entmachte deinen Verstand. Lass dich von Gott führen, er will dein Bestes, wenn du es zulässt. Ja, dann ist alles möglich.

Erkenne dich. In dieser sanften Frau. Ihre Sanftheit möchte nun in dir wach werden. Lass dich fallen. Vertraue. Umgekehrt wird diese Frau viel Stärke durch dich gewinnen. Jedoch Achtung! Kampf und Abwehr sind keine Stärke. Sie sind verdeckte Ängste. Das Zauberwort heißt: VERTRAUEN.

Vertraue darauf, dass sie die beste Version deiner selbst ist und vertraue darauf, dass du die beste Version ihrer selbst bist. Zusammen seid ihr eins. Wenngleich ihr bereits vollkommen seid, so wie ihr seid, dürft ihr eure bisher wenig gelebten Teile ineinander erkennen und euch trauen, mutig genug zu sein, euch in die Augen zu blicken und euch zu erkennen."

Schon lange Zeit suchen viele von uns das Göttliche. Die Einheit. Die Einheit von männlich und weiblich. Die einen zu sehr männlich, aus falschem Mann-sein. Die anderen zu sehr weiblich, aus falschem Frau-sein. Bis man auf ein Gegenüber trifft, das einen so sehr im Herzen berührt, dass es kein Entkommen gibt. Nur noch ein sich erkennen. Wie die Unendlichkeit möchte Energie fließen, von einem zum anderen und wieder zurück. Möchte reinwaschen von all den Konstrukten und Bildern eines Mannes und einer Frau, um etwas ganz Neues zu erschaffen. Kraftvoll. Ehrlich. Sich zeigend. Spürbar. Berührbar.

Viel Kraft und Mut kostet diese Begegnung, die zu einer Reise wird, in der wir immer mehr über unser wahres Selbst erfahren und schmerzhaft all das Stück für Stück loslassen, was wir mit gepanzerten Herzen übereinander zu wissen glaubten.

„Kann es sein, dass das Liebe ist?" fragt der Wolf zaghaft.

„Da, wo es keine Worte mehr gibt, fängt die Unendlichkeit an. Unendlichkeit ist Liebe."

SEELENFLÜSTERN

Ein Hauch.
Wie eine sanfte Brise streicht der Wind über
dein Gesicht und elektrisiert dich.
Das Herz klopft, der Puls geht hastig.
Der Verstand fragt: Was ist hier los?

Und wahrlich,
für den Kopf eben nicht begreifbar –
das alles und viel mehr
kann auf einer höheren Ebene stattfinden,
die niemand zu beeinflussen vermag.

Doch stopp, ich korrigiere:
Jeder kann das insofern steuern, als dass er oder
sie es sich selbst wert ist und für sich spürt:
ICH HABE NUR DAS BESTE VERDIENT.

Und dann lass dieses Gefühl los, schick es wie ei-
nen Luftballon hoch hinauf in die Lüfte, damit er
treiben kann, ohne von dir gesteuert zu werden.
Lass das Wollen weg.

Wenn du den Ballon zu sehr festhältst
oder versuchst, ihn in eine Richtung zu führen,
wird er immer weniger Luft haben.

Er möchte frei sein, frei wie du, frei und offen.
Gib alle Verantwortung an diesen Ballon ab.
Es kann sein, dass du Geduld haben darfst.
Wenn kein Lüftchen weht, ruht dein Ballon
sich an einem Schattenplatz aus, hält Ausschau
und wartet auf die passende Energie
und Schwingung der Winde, um für dich dahin
zu treiben, wo er lächelnd ankommen kann
und spürt:

Ja, hier bin ich richtig.
Hier ist das Beste.
Und dieser jemand wird auf magische Weise
von diesem Ballon erfahren und wissen,
wie er dich findet.

Gib alle Macht ab.
Gib alle Kontrolle ab.
Gib jegliches Wollen ab.
Gib Zweifel ab.

Gib Gedanken, wie „Ich habe nichts Besonderes
verdient, denn bisher war es auch nicht so" ab.
Gib alles ab, was nicht zu dir gehört
und was den Ballon mit deiner alten Energie
fehlsteuern könnte.

Lass ihn frei.
Lass ihn durch deine Liebe fliegen.
Lass kommen, was kommt, und vor allem,
wann auch immer es kommt.

Steuerst du gegen, wird Ähnliches auf dich
zukommen wie die letzten Male.
Warum?
Damit du lernst, dass du so etwas wie Liebe
nicht steuern kannst, und damit du
alte Wunden, die du nicht sehen wolltest,
noch einmal öffnen darfst, um dann endlich
heilen zu können und für dich
zu erkennen lernst:

DU HAST ZU JEDER ZEIT DEINES LEBENS
NUR DAS BESTE VERDIENT.

Und wenn du dann so weit bist,
wirst du mit dem Herzen spüren, bevor deine
Augen durch den Verstand bewerten wollen.
Du wirst von einer Energie durchströmt,
die den Kopf und alle alten Gedanken
in Windeseile umbläst.
Du wirst keine Küsse oder sexuellen Akte
benötigen, um zu wissen, dass das der Mann
oder die Frau ist – weil deine Seele alle
Antworten kennen wird und dir versichert:
Diese Energie schwingt im Gleichklang mit
deiner, und all deine Ängste und Zweifel
haben keine Macht mehr.
Du wirst dich in dieser anderen Person so stark
erkennen wie nie zuvor, aber im wertvollen,
positiven Sinn.
Und es wird dir ein Leichtes sein, all deine noch
vorhandenen Schattenkinder ans Licht zu holen,
weil du spürst, dass sie bei diesem Menschen in
ebenso liebevollen Händen sind.

Das ist dein Gegenstück, das dir geschenkt
wurde, weil du gewachsen bist, weil du mutig
und geduldig warst und dich selbst gefunden
hast, bevor jemand anderes dich finden konnte.

DER VERSTAND IST EIN LUDER

Das, was nun beginnt, ist eine lebenslange Reise. Es ist, als hätte eine höhere Kraft entschieden, dass die beiden ihren Weg zusammen gehen dürfen. Durch alle Dunkelheit bis hin zum wahren Licht. Alle, wirklich alle Hindernisse, alle Wunden der beiden, beginnen sich von Neuem zu schreiben. Durch unterschiedliche Darsteller im Außen. Rollenspiele, denen man nicht entkommen kann.

Beide stellen sich einander zur Verfügung und viele andere machen mit. Manchmal ist Rotkäppchen in der Mutterrolle und darf für den Wolf die alten, nie verheilten Geschichten nochmals auf der Bühne des Lebens darstellen. Für ihn. Für sich selbst. Für das große Ganze. Damit Heilung da passieren kann, wo die Narbe niemals verheilt ist.

Viele Narben platzen noch einmal auf. Damit das Licht hineinleuchten kann. Gesteuert vom lieben Gott, der durch alle wirkt, lichtet sich, was zu lange verdrängt und im Schatten gehalten wurde. Ein Tanz aus hin und her, aus nach vorne und zurück. Aus weglaufen und wiederkommen.

Jedes Mal wird diese Verbundenheit noch tiefer. Selbst nach den bittersten Verletzungen, die alle nur dafür da sind, dass heilen kann, was niemals heilen konnte. Jeder da draußen, der dagegen arbeitet, ist Teil der beiden. Ist eine Restangst. So lange, bis beide die Bereitschaft haben, miteinander zu sein. Sich zu vertrauen. Sich zu erkennen. In allem, was ist.

Ob Sohn oder Tochter, Ex-Frau oder Ex-Freund, Vater oder Mutter. Alle. Alle erfüllen ein Kapitel. Das sich so lange schreibt, bis es sich wie von selbst umschreibt. Je mehr beide versuchen sich wieder voneinander zu entfernen, desto mehr wird sich die Sehnsucht breit machen, um erkennbar zu machen, dass es kein Entkommen gibt.

Wie soll man auch vor seinem eigenen Spiegelbild und den endlich ins Licht wollenden Schatten entkommen können? Der Verstand, er ist ein Luder. Solange er glauben möchte, dass er etwas in der Hand hat, wiederholen sich Geschichten. Alte Bahnen in uns denken zurück, oder neue Illusionen nach vorne, beiden rauben uns das, was zählt. Den Moment. In dem alles gefühlt werden möchte, was hochkommt. Nur das. Frei von Geschichte. Ohne Kontrolle.

Im puren Wachsein und Vertrauen, getragen zu sein von der immerwährenden Quelle, aus die wir alle unsere Geschichte schöpfen. Bis die Wahrhaftigkeit ans Licht kommen kann.

Schritt für Schritt finden ein Wolf, der sich selbst sein Leben lang ablehnte und als nicht gut genug empfand für SEIN Glück und die Liebe, und ein Rotkäppchen, das bedingungslos andere liebte, jedoch nie jemanden wahrhaftig an sich heranließ, zusammen. Sie bilden eine Einheit. Brechen sich gegenseitig auf.

Denn nur in der Dunkelheit erkennt man das wahre Licht. Der eine lernt vom anderen und umgekehrt. Immer wieder schickt das Leben Chancen. Um alte Zweifel und Kontrolle, Abwehr und Angst zu erleben. Bis das Band immer enger wird. Ganz von selbst. Alles in einem. Aufgeteilt auf zwei.

VOM HIMMEL ZUR ERDE UND WIEDER ZURÜCK

Es ist ein Geschenk. Das schönste Geschenk auf jemanden zu treffen, der uns selbst erkennbar werden lässt. All das, was wir vergessen haben. All die schönen Seiten, aber auch die, die wir nicht gerne sehen wollen. Das hoch Fliegen und tief Fallen, das große Glück und die tiefe Traurigkeit. All das in einem Gegenüber sehen zu dürfen, das uns so dermaßen berührt, dass wir nicht anders können, als in seine Augen zu blicken, als wären es die eigenen. Es ist ein Geschenk. Gemeinsam ist man weniger allein.

Ihr könnt euch bestimmt vorstellen, dass diese Reise für Rotkäppchen und den Wolf nicht immer einfach war. Ein Wolf und ein Mensch. So verschieden wie Tag und Nacht. Zumindest auf den ersten Blick. Doch tief im Herzen so ähnlich, wie kaum jemand anderes.

All das, was ihn ausmachte, hatte sie vergraben, vor langer Zeit. Und umgekehrt. Rollenspiele. Der Starke und die Schwache. Im Miteinander können beide nun mit der Zeit erkennen, dass die Starke auch in ihrem Herzen und der

Schwache auch in seinem Herzen sein darf. Stehen und fallen. Fliegen und auf dem Boden landen. Erkennbar durcheinander. Vom einen zum anderen und wieder zurück. Unendlich. Wie das Leben. Von Himmel zur Erde und wieder zurück. In Balance.

Jeder einzelne Darsteller, der auf der Bühne der beiden auftaucht und eine Rolle spielt, ist Teil von ihnen selbst. Eine alte Angst. Ein Zweifel. Ein „ich darf nicht". Bis beide immer mehr und mehr auf ihr Herz vertrauen, im spürbaren Wissen, dass das wahrhaftige Tun für sich selbst von innen nach außen die Bühne des Lebens ganz automatisch mit verändert. Zum Besten Wohle aller.

DER SCHATZ IN DER TRUHE

In einer alten Truhe finden die beiden eines Tages zwei Briefe. Jeder trägt eine Schleife. Auf dem einen steht Rotkäppchen. Auf dem anderen Wolf. Wie von Zauberhand zusammengerollt. Unerklärbar, was der Inhalt sein könnte. Zaghaft öffnen die beide die jeweils für sie vorgesehenen Schriftstücke. Rotkäppchen beginnt mit dem Brief ihres Vaters ….

Meine geliebte Tochter,

Auf einmal warst du da. Freiheit. Oh ja, ich war so frei. Bevor du kamst. So unendlich frei. Ich hatte meine Bühne. Alle Augen auf mich gerichtet. Und dann kamst du. Mit all deiner Kraft. Dieser Urkraft. Dieser Stärke. Deinem SEIN. Du hast mich verdrängt. Nein. Anders. Ich habe mich selbst verdrängt. Ganz automatisch habe ich mich selbst in den Schatten gestellt. Wie schön du warst. Wie schön du heute bist. Dieses Leuchten. Dieses Strahlen. Einfach so. Diese Frau. DU.

Du hast nie gefragt, ob es in Ordnung ist, dass du meinen Platz mit mir teilst. Niemand hat mich gefragt. Niemand hat mir jemals gesagt, was mein Platz ist oder was ein Mann zu tun hat. Ein Mann, der niemals Mann sein konnte. Bevor du kamst, war alles mein Platz. Ich war der Mittelpunkt. Um mich hat sich alles abgespielt. Trotz der Tatsache, dass ich still und leise war.

Niemand hat gefragt, ob ich das möchte. Niemand hat gefragt, ob ich diese Verantwortung möchte. Dieses kleine Mädchen. Das in einer Sekunde mein Herz geöffnet hatte. Mit seiner Schönheit. Niemand hat mich um Erlaubnis gebeten. Niemand hat mir gesagt, dass du mir so ebenbürtig sein wirst. Niemand hat mich darauf vorbereitet. Was für ein Schmerz. Meine Vorstellung allein hat ausgereicht.

NIEMAND HAT SICH DAMALS UM MICH GEKÜMMERT. Und jetzt sollte ich Vater sein. Vater? Meine Güte. Meine Welt brach zusammen. Meine ganze Blase, meine Illusion, mein Kartenhaus, in dem ich mich verstecken konnte. Plötzlich war gefährdet, dass alles einstürzt. Plötzlich wäre ich beinahe für lange Zeit vor mir selbst gestanden. Vor meiner Sanftheit. Maskenlos.

Ich habe dich immer gespürt. All deinen Schmerz, wenn du geweint hast, all dein Lachen, wenn du fröhlich warst. Ich war plötzlich nicht mehr ich selbst. Ich war du. Du warst im Vordergrund. Ich dahinter. Verbunden, wenngleich niemals wirklich gesehen. Die Welt wurde zu deiner Bühne und ich musste meine erste Reihe für dich geben. Niemand hat gefragt. Niemand.

Mein halbes Leben habe ich dich das spüren lassen. Lange war mir das nicht bewusst. Ich habe verdrängt. Ja. Ich wollte dich verdrängen. Wegschieben. Diese Kraft. Dieses Strahlen. Ich habe nur noch dich gesehen, vor meinen inneren Augen.

Ich war insgeheim wohl immer auf der Suche nach dir, nach dem Teil, nach dieser Liebe, die mit nichts anderem vergleichbar ist.

Ich wusste, du hättest mich erlösen können, hättest mir all meine Masken weggerissen. Doch ich war zu schwach. Ich konnte nicht aus meinem Versteck. Du hättest mich eiskalt erwischt.

Und all mein aufgebauter Schein– er wäre in Windeseile verpufft. Stattdessen habe ich den Schmerz in mir getragen.

Und so habe ich mir deine Energie in mein Herz geholt, anstatt dir den Platz zu geben, den du haben darfst: neben mir. Auch du darfst frei sein.

Ich habe dich immer wieder gesucht.

Ja, ich habe dich in Dingen und Menschen gesucht, und ja, ich konnte dich nie finden, weil ich immer der festen Überzeugung war, dass diese Art von Liebe nur einmal geschieht. Dass sie zu besonders ist, um gelebt zu werden. Zu schmerzvoll, um mich dir sichtbar zu machen. Ich dachte, diese Liebe würde mich zerstückeln.

Ich habe nicht erkannt, dass du eigentlich da warst, um mir zu zeigen, was sein darf,

dass ich bleiben darf und diese Liebe IN MIR und DURCH MICH aufleben darf.

Ja, der Gedanke an dich hat mich an die Liebe erinnert.

Anstatt sie zu fühlen habe ich dich innerlich verflucht. Für dein Kommen und mein Gehen. Niemals habe ich im Innersten so eine tiefe Liebe in mir empfunden, wie zu dir. Und bei all meiner Ablehnung weiß ich erst heute tief im Innersten: du hast mir gezeigt, was Liebe ist. LIEBE IST.

Ein Gefühl, das in Worten nicht zu beschreiben ist.

Ein Gefühl, das so rein und klar ist, jedoch auch so schmerzhaft, dass ich es kaum aushielt. Aus Schutz habe ich dich in die Schublade geworfen. Die Kleine. Die mir mein Leben nimmt. Die mir meinen Raum nimmt. Die Kleine mit ihrer unsagbaren Schönheit. Am Ende die Kleine, die ich verlassen habe, weil ich die Bereitschaft nicht hatte mich selbst wahrhaftig kennenzulernen. Durch dich.

Unser Band wurde durchtrennt.

Weil ich weiterhin beschloss jemand zu sein, der ich niemals war, um nicht zu werden, wer ich immer schon gewesen bin.

Heute erkenne ich: wir sind einander geschickt worden, um uns zu erkennen. Einander zu öffnen. Uns einander zu verschenken. Dir war das ein Leichtes. Für mich warst du zu viel, weil ich glaubte, zu wenig zu sein. Als ich dann weg war, war ich leer.

Wie soll ein Mann diese Liebe zu seiner Tochter ertragen? Wie soll er sie ertragen, wo sein Leben voller Schmerz war? Sie ist so einzigartig. So besonders. So verpflichtend. Ich wollte doch frei sein. Ach, wie sehr wollte ich. Bis ich mir eines Tages die Frage gestellt habe: was ist Freiheit? Ich wollte doch selbst strahlen. Ohne dein Licht. Ich wollte leuchten, ohne in deinem Schatten zu stehen. Ich wollte so vieles. Und am Ende wollte ich dich niemals aus den Augen verlieren und habe dich nie wahrhaftig zu Gesicht bekommen.

Liebe Tochter, ich habe mich selbst klein gemacht. Durch mein besser sein wollen, freier sein wollen, durch mein Mann sein wollen habe ich vergessen, dass du deine Liebe in dir trägst und ich meine. Wir beide sind Ausdruck der Liebe. Wir waren das immer schon. Verzeih mir. Schau mich nicht bedürftig an. Schau mich nicht hasserfüllt an. Schau mich an, wie du mich damals als kleines Mädchen angesehen hast. Du hast meine Liebe geweckt und ich hatte Angst. Angst wahrhaftig gesehen zu werden, indem du mich erhellt hast.

Ein Mann, der sein halbes Leben lang ein Schauspieler war, wurde von der Liebe berührt. Dieser unsagbare Schmerz in mir. Du hast ihn zu spüren bekommen, durch meine Ablehnung. MIR SELBST gegenüber.

Ich habe dir eine Last auferlegt. Nun musstest du auch noch meine Rolle bei deiner Mutter erfüllen. Löcher stopfen. Unser aller Löcher. Unsere löchrigen Kleider musstest du mit deiner Liebe stopfen. Du konntest nicht entkommen. Was haben wir dir da angetan? Was hat sich dieses Leben für uns alle ausgesucht? Bis zu diesem Moment, wo ich dich, geliebtes Kind, Stern am Himmel, unser aller Stern, befreien möchte. Ich möchte, dass du FREI bist.

FREI. Frei endlich du zu sein. Ohne Last anderer. Ohne Rucksack. Ohne zu übernehmen, was deinem wundervollen Herzen längst schon zu viel ist.

Ich liebe dich. Ich liebe dich und lasse dich sein.

Damit lasse ich mich sein. Ich lege jegliche mir auferlegte Rolle ab und befreie dich von deiner Last, die tragende Rolle für mich übernommen und so würdevoll gespielt zu haben.

Ich habe dir jetzt deinen dir zustehenden richtigen Platz gegeben.

Den Platz, den du verdienst. In meinem Herzen. Ich habe dich erlöst von einem mir selbst auferlegten Schutz, in der alten Annahme, du seist eben die Einzige, die bleiben darf. Zumindest im Herzen; das Feld, das nichts und niemand anderer so wahrhaftig füllen darf. Dabei warst und bist du eben „nur" mein Kind. Ein Kind. Kind Gottes.

Ich darf endlich ankommen, da, wo MEIN Herz sich zu Hause fühlt. IN MIR. Im mich sein lassen und dich sein lassen. Ich darf frei sein, so wie du auch frei sein darfst.

Du wirst immer diese eine besondere Frau sein, die nur energetisch mit mir verbunden ist, dafür aber umso tiefer und schöner, und ab jetzt auch FREIER. Mein schönster Spiegel.

Ich darf damit aus der Ferne eine Tochter begrüßen, wie ich es bisher vielleicht noch nie getan habe. Ich darf dich endlich sehen, vor mir, als das, was du bist und immer schon warst: ein eigenständiger VON MIR UNABHÄNGIGER Mensch mit seinem EIGENSTÄNDIGEN LEBEN und seinem EINZIGARTIGEN AUSDRUCK an Liebe.

Wo auch immer du gerade bist, ich liebe dich.

Von ganzem Herzen.

Flieg frei wie ein Vogel, so frei, wie ich mich heute fühle, und bewusst spüre:

Ich bin bereit, anzukommen.

In mir.

Im Außen.

Im Herzen.

Im Leben.

In dankbarer Verbundenheit, tiefem Vertrauen und mit Leichtigkeit im Herzen spüre ich von Tag zu Tag mehr, dass alles zur richtigen Zeit einfach passiert, ohne viel tun zu müssen, außer: sich bewusst für SICH zu entscheiden.

Den Weg des Herzens zu wählen.

Und, so paradox es mag: kein Kampf, keine einhundertfünfzig Prozent, einfach nur sein, ruhend, spürend, aussendend, was als Nächstes dran ist, und eben das empfangend.

Jetzt pocht mein Seelenherz. Viel Traurigkeit ist da. Viel Schmerz. Dahinter unendlich viel Liebe. Ich möchte dich umarmen. Und willkommen heißen. Ohne viele Worte. Ich weiß nicht, ob ich jemals in Worten vor dir ausdrücken kann, was hier fließt. Aber meine Augen. Sie werden leuchten. Ja. Sie leuchten. Wie deine damals. Wo auch immer du bist, immerwährend verbunden und doch frei.

Das ist wohl Liebe. Ja. Das ist Liebe.

Danke für unsere gemeinsame Reise. Danke, für dein an mir energetisch festhalten, bis heute. Danke für deine Führung, von der du gar nichts weißt, von deiner Liebe, die ich in der Art bisher nie erwidern konnte. Von deinem auf mich Achtgeben. Danke für jeden Spiegel, in den ich durch dich blicken durfte. Danke für meinen Kampf, den du mit ausgetragen hast, würdevoll.

Wenn ich dir sage, dass ich all das niemals wollte, so wirst du mich im Herzen verstehen, du wirst begreifen, dass das der höchste Plan war. Der Plan, der uns am Ende erlöst hat und an die Freiheit in uns erinnerte.

Die Freiheit. Die Liebe. Die währt, egal was passiert.

In aufrichtiger dich und mich selbst erkennender und annehmender Liebe,

dein Vater

Wortlos stehen beide da. Tränen laufen über Rotkäppchens Gesicht. Das Herz pocht. Liebe fließt. Ein und aus. So tief und rein, dass es Angst bekommt. Eine neue Art von Angst. Das Herz weitet sich, möchte sich weiten, ja immer mehr weiten. Dieser altbekannte Schmerz als Kind. Das Herz war verschlossen worden, fast schon wie ein Zauber oder auch Fluch, bis zu diesem

Moment, der alles auseinanderbrechen lässt. Ein Kartenhaus, das unbewusst gebaut wurde. Nicht erkennbar sein. Dicht hinter der Mauer bleiben. Von dort aus beobachten. Sicherheit. Falsch geglaubte Sicherheit, wie sich herausstellt. Kein Entkommen. Das Leben möchte Reinheit. Diese pure Zerbrechlichkeit, dieses wunderschöne Wesen, das dasteht, als wäre es den ersten Tag auf dieser Welt. SICHTBAR.

Der Wolf steht gegenüber. Berührt. Wenngleich er noch nicht die Möglichkeit hat, dieses Berührt-sein auszudrücken. Im tiefsten Inneren, da, wo es für ihn sicher ist. Da schmerzt sein Herz. Voller Leben. Doch auch sein Schutz, sein Zauber, er ist weiterhin wirksam. Still und leise stehen beide da. Zaghaft öffnet nun auch er seine Rolle und beginnt im Brief seiner Mutter zu lesen…

Mein Lieber, mein Sohn voller Wunder,
ich sehe dich.
Ich bejahe dich.
Beobachte dich aus der Ferne.
Ich sehe den kleinen Jungen in dir.
Den, der viel zu wenig Beachtung bekommen hat.
Den, der nie sein durfte, wie er sein wollte.
Den, der viel zu früh allein gelassen wurde.

Zaghaft. Unsicher. Hilflos. Voller Angst.

Den, der sein Potenzial nicht vollständig leben konnte, weil er zu laut sein musste, zu männlich,

und am Ende doch zu zerbrechlich und zu sensibel.

Den, der ohne mich aufwachsen musste, den, den ich Gottes Händen anvertrauen musste.

Den, der seine Tränen nicht weinen durfte, weil Gefühle zeigen Gefahr bedeutet hat. Weil keine Mutter da war, die ihn liebevoll umarmt und damit bestätigt hätte, in all seiner Schönheit.

Den, der oft unterdrückt wurde vom Leben, in all seiner Besonderheit, weil er andere damit zu sehr wachgerüttelt hat.

Den, dem erklärt wurde, dass ein Mann keinen Schmerz kennt.

Und den, der schon ganz früh seine Verletzbarkeit hinter einer dicken Mauer verschließen musste.

Mein liebster tapferer, unglaublich starker Sohn,

viel Last hast du von mir übernommen. Viel ausbalanciert. Oft zu viel. Ich konnte dir niemals sagen, wie unendlich dankbar ich bin. Für dich. Für deine Kraft, deine Stärke. Ich habe sie in mir spüren dürfen. Oft schämte ich mich, weil ich dich einfach zurückgelassen habe. Weil ich nicht da sein konnte, wo du mich am meisten gebraucht hättest.

Dein sanftes Herz musste durch all den Kampf im Alleingang stark werden. Deine Zerbrechlichkeit wich einer Härte, die niemals die deine war. Zu viel hast du mitgemacht, zu viel Unschönes hast du erfahren. Dein Herz, ich höre es weit. Ich höre es weit, weil es sich endlich weiten möchte.

Mein lieber Sohn, wisse, all die Geschichten in deinem kleinen Köpfchen, sie sind vergangen. Du musst sie nicht immer wieder hochholen, weil du glaubst, du könntest dich so in Sicherheit wiegen. Öffne dich und empfange endlich, was dir zusteht.

Heute darfst du entscheiden, wer du sein möchtest.

Ich kann fühlen, dass es viel Vertrauen und Kraft kostet, daran zu glauben, dass du heute nicht mehr abgelehnt wirst, in all deiner noch nie gelebten Schönheit.

Du warst immer da für mich. Heute möchte ich dir sagen:

FÜHLE DICH FREI. UND BEFREIT.

Oft habe ich mir gewünscht, dir aus der Ferne zeigen zu können, dass du wundervoll und einzigartig bist. Doch meine Stimme, sie war verpanzert, mein Weg ein anderer. Du hattest schon von klein an so viel Liebe in dir. So reinen Herzens.

Ich musste dich gehen lassen. Deine eigenen Erfahrungen sammeln lassen, schon von klein an. Dein Gefühl für alles Verantwortung haben zu müssen, weil DU allein warst und anderen so ein Leid niemals zufügen wollen würdest, das darfst du gehen lassen.

LASS DICH GEHEN. Die Gefahr ist vorbei. Die Kontrolle über alles um der nächsten Ecke Lauernde auch. Du bist groß. Im Innersten. Größer als du denkst.

Schau in den Spiegel. Schau dich an. Trau dich.

Deine Sanftheit. Deine Güte. Deine Wärme. Sie warten.

ERWECKE SIE ZUM LEBEN.

Heute möchte ich dir sagen, dass du frei bist, mein lieber Sohn, frei vollkommen du zu sein. Dass du niemanden mehr retten musst. Du darfst ankommen, in dir. Und wenn du dir das endlich erlaubst, dann wirst du im Außen auch bei einer wundervollen Frau ankommen.

DU DARFST GLÜCKLICH SEIN.

Du darfst ja zu dir sagen,

dich erkennen,

dich spüren,

das erleben, was dir lange verwehrt wurde. Weil du als Kind viel aufgeben musstest, um da zu sein, um zu überleben. Zu kämpfen.

DAS IST GESCHICHTE.

Du darfst frei sein,

frei und wild.

Du darfst lebendig sein.

Du darfst deine Flügel ausbreiten, darfst dabei Tränen vergießen und kraftvoll weitergehen.

Und du darfst landen. Da, wo dein Herz zu Hause ist. Du sollst aus tiefstem Herzen lieben und Liebe in der gleichen Art empfangen dürfen und dabei dein Herz weit aufmachen, so weit, dass es endlich auch von anderen berührt werden kann.

LACHE – LIEBE – LEBE Für dich!

Ich sehe dir zu, bin immer an deiner Seite, bewundere dich für alles, was du bist und was du tust.

Lass dich fallen, in den sicheren Schoß einer Frau, die dich liebt, du hast es verdient.

Sie wird ganz anders sein als du. Unbegreiflich für deinen Kopf. Nur fühlbar über dein Herz. Sie wird dir erkennbar machen, was wartet. In dir. Was leben möchte. Durch dich.

SCHAU HIN.

Du darfst dich verwundbar und verletzbar zeigen. Die Zeit des immer stark sein Müssens ist vorbei.

Erinnere dich
an den Jungen,
der Träume hatte,
Visionen,
der voller Tatendrang war und zu schnell begraben wurde, weil er allein im Überlebenskampf sein musste.

Du bist nicht mehr allein. Schau dich um.

Hol deine Schaufel und bring deine Schätze heraus aus der dunklen Erde, lass sie ans Licht, sie sind noch da und warten darauf, von dir voller Liebe, Hingabe und Leidenschaft neu zum Leben erweckt zu werden.

Mein lieber Sohn,
trau dich, wieder ganz du zu sein.
Die Welt braucht dich,
deine besondere Einzigartigkeit.
Dein vollkommenes DU-Sein.

Ich danke dir für alles, was du für mich getan hast. Für deine Kraft in meinem Bauch. Für dein SEIN. Geh in deine Fülle. 100% DU.

Du warst der wundervollste Sohn, den sich eine Mutter vorstellen kann. Nein, du hast meine Vorstellungen bei weitem übertroffen. Du bist ein Geschenk für diese Welt.

In tiefer Verbundenheit und immerwährender Liebe

deine Mama

Nie zu früh. Nie zu spät. Ist alles untrennbar verbunden. Da, wo niemand mehr weiterweiß, da arbeitet das Höchste durch alle, besonders durch all jene, die niemals aufgehört haben zu glauben. An Wunder und an die Liebe. Die vorausgehen im Wissen, da ist noch mehr als das bereits Bekannte. Da ist ein ungeschriebenes Blatt, das beschrieben werden möchte. In vollkommener Hingabe, im Fühlen jeglicher alten Emotion. Im tiefen Wissen, dass immer für uns gesorgt ist, wenn wir Schritte wagen, die vielleicht noch niemand gewagt hat.

Der Wolf steht da. Blickt zu Boden. Sein Herz. Das erste Mal in seinem Leben spürt er sein Herz. Wie es durch den ganzen Körper Wellen schlägt. So kraftvoll. So klar. So unaufhaltsam. So berührend tief, dass er meint, er würde den Boden unter den Füßen verlieren.

Gegenüber steht Rotkäppchen. Mitfühlend. Sanft. Beide sprechen kein Wort, doch im Raum liegt spürbar: ENDLICH KANN ICH DICH SEHEN, WEIL ICH MICH IN DIR ERKENNE. Endlich kann ich mich sehen, weil ich dich in mir erkenne.

Lauf nicht weg

Er steht auf dem Gipfel des Berges.

Er lächelt sanft.

Voller Wärme und Mitgefühl.

Sie steht mitten am Hang.

Ihr Herz pocht.

Die Angst sagt: „Lauf! bitte…nicht schon wieder, bleib dicht hinter der Mauer, sie bietet dir Schutz."

Ihr Herz pocht wild, als würde es aus ihrer Brust springen. Jeden Moment könnte es so weit sein. Sie könnte es verlieren.

Der Atem wird schneller, der Puls läuft, als ob ein wildes Tier hinter ihr her wäre…

Er sagt leise: „komm, ich reiche dir die Hand. Sieh mich an. Sieh mich wahrhaftig an.

Erkenne dich in mir.

All deine Verletzbarkeit, deine Schmerzen, deine geweinten Tränen.

Auch ich trage sie in mir.

Du bist nicht alleine.

Mein Herz pocht schneller als deines.

Und doch weiß ich, du und ich, wir gehören zusammen.

Wir dürfen es versuchen...!"

Schüchtern, auf den Boden blickend, sagt sie:

„Woher weißt du das?"

Er sagt lächelnd:

„Ich weiß es nicht, ich spüre es.

Hinter meiner Mauer wartet ein Herz, das so wild pocht, dass ich nicht anders kann, als es zu hören. Zu spüren.

Neben all der Gefahr, die damit verbunden ist, ist das Feuer, das mich atmen lässt und lebendiger denn je macht, die Kraft, die mich mit dir verbindet und mir Vertrauen schenkt.

Dich anzusehen bringt alle Narben zum Platzen, alle Emotionen an die Oberfläche, alle Tränen in meine Augen.

Alles, was ich in dir sehe, bin auch ich. Aber alles, was ich jetzt spüren darf, ist da, um zu heilen."

„Wie hast du mich gefunden?" fragt sie die Liebe.

Die Liebe lächelt und antwortet:

„Du wolltest es und hast im Versteck zu laut
gelacht. Lauf jetzt nicht weg. Komm näher. Gib
mir deine Hand, schau mir in die Augen, berühre
dein Herz und begegne mir mit deiner Seelen-
kraft…"

ROTKÄPPCHEN AN WOLF
UND ZUGLEICH
WOLF AN ROTKÄPPCHEN

Bin ich sanft. Bist du sanft.
Bin ich wild. Bist du wild.
Ich gehe im Herzen mutig voraus.
Mich zu zeigen.
Dann zeigst du dich.
Vielleicht sind wir unser beider Wegweiser in
unterschiedlichen Belangen.
Bist du der Weise, bin ich die Kleine.
Bin ich die Weise, bist du der Kleine.
Und eigentlich…sind das alles
sinnlose Wortklaubereien.
Wir dürfen voneinander lernen.
Bis in die Unendlichkeit.
Sobald Ängste und Rückzug kommen,
dürfen wir uns über sie hinweg ausbreiten.
In das Vertrauen. Dass diese Verbindung,
die so schnell und unerwartet aus dem Nichts
kam, wie ein Windhauch, zu unserem Besten ist.
Dass wir zusammen besser sind als allein.
Dass wir ineinander einen Hafen
gefunden haben.

Dass gemeinsam schöner ist als allein, wenngleich wir uns seit Kind an nie bei jemandem wirklich zugehörig gefühlt haben.
Gerade deshalb dürfen wir vertrauen, dass etwas Höheres das Leid beenden möchte, in dem es uns einander zum Geschenk gemacht hat.
Spiegel. Wachsen. Entwickeln. Aus alten Gedanken und Bilder, auch wenn sie noch so ähnlich scheinen, all unsere gemachten Erfahrungen. Wir dürfen vertrauen, dass sich nichts endlos wiederholen muss, wenn wir mutig sind.
Mutig genug ein neues Blatt zu schreiben.
FREI lassend.
Kommen lassend.
Ohne Druck, Zwang und Gewalt.
Aus Liebe. In Liebe.
FREIGEISTER.
Die mit beiden Beinen auf dem Boden stehen.
Immer mehr landen.
Und dazwischen abheben. Höhenflüge.
BALANCE.
Das eine UND das andere.
Aufregung und Action. Ruhe und Gelassenheit.
ERLAUBNIS.
All das zu sein. Sich in allem zu erkennen.
Der Kleine in der Kleinen,
weil er auch einmal klein war.

Groß und Klein.
Arm und Reich.
Stark und schwach.
SOWOHL als AUCH.
Denn aus dem einen wächst das andere
und umgekehrt.
Immer ist gesorgt.
Immer gibt es eine weise Stimme.
Hat sie der eine nicht, hat sie die andere.
Hat sie die eine nicht, hat sie der andere.
MITEINANDER.
Jung und Alt.
Altbacken und jung.
In stetem Wechsel.
Niemals stagnierend.
Immer lebendig.
Wie das Leben und erleben selbst.
Unendlich.
Wie diese Liebe.
In der alles sein darf, alles wächst, bis es zu-
sammengewachsen ist.
In freiem Fall.
Freiem Vertrauen.
FREI SEIN.
Verbunden.

TRAU DICH

DANK

**In Dankbarkeit für dich,
liebe Leserin, lieber Leser.**

„Empath & Narzisst"
Wie es sein kann,
wenn die Liebe eine Brücke bildet
Es gibt NUR den Moment. IN UNS.
Allgegenwärtige Liebe.
Nie zu früh, nie zu spät.
Liebe kann nur Liebe erkennen.
„Was man ausstrahlt, zieht man an."

Der schönste Beweis der Herzensliebe ist Vertrauen. Wenn die Liebe dich findet.

Ich hatte nie mit dir gerechnet. Bis zum heuti-
gen Tage wollte ich dich nicht sehen.
Denn dich wahrhaftig anzusehen,
bedeutete mich selbst zu erkennen.
Du bist frei. Wie die Wellen des Meeres.
Lass dich treiben.
In deiner Stille wirst du ankommen.

Mehr spannende Literatur unter:
www.infinitygaze.com